DNA瘋狂改造大混戰

林映僑 著　　朴鍾浩 圖

新雅文化事業有限公司
www.sunya.com.hk

微細卻影響深遠的DNA

你有聽過種瓜得瓜，種豆得豆的俗語嗎？如果違背遺傳定律，種下了瓜的種子，卻長出了豆子，相信你一定驚訝不已。但是，現今科技已可以通過重組DNA，讓這樣的事情變成可能。

隨着被稱為人體設計圖的DNA被發現，只要花心思研究，就連人類都可以複製出來。但是，為了維持人類的尊嚴、尊重生命，我們不允許科學家擅自做這樣的研究。我們只需要將生命的秘密，應用在對人類有貢獻的研究領域上就可以了。

DNA到底是什麼呢？本故事將帶領大家進入DNA的科技世界，了解這種微細到肉眼根本看不見的東西，如何肩負着代代相傳的重要任務，也決定了一切動物和植物的模樣。同時，我們可以思考一下，當這種科學原理被運用在不正當的研究上，世界又將會變成怎樣呢？

林映儕

可素

S博士的兒子。雖然平凡，但是盡得天才機械工程師爸爸的真傳。偶爾也會發揮出一些過人的才能。充滿好奇心，經常將疑問掛在嘴邊。

比比

可素的好朋友。S博士的對手兼好朋友C博士的女兒，比比TV的運營者。

1號（萬素）

黑里克利用可素的DNA製造出來的複製人。

S博士

可素的爸爸。天才機械工程師。本來在大企業的研究所裏工作，後來因為想專注於自己的研究而辭職了。他什麼都能製造出來，什麼都能修理好。比起本名孫聖手，大家更喜歡稱呼他為S博士。

C博士

S博士的對手兼好朋友，女兒比比是個天生愛好幻想的孩子。

黑里克

天才科學家，綽號「瘋狂黑里克」，他喜愛利用科學技術來做金錢交易，對物質的慾望非常強烈。

目錄

C博士不見了!

　　智能市的天空突然風雲變色，　就像即將有大事發生一樣。但是C博士完全不理會天氣的變化，在深夜時分依然埋首於他的研究當中。

轟隆

轟隆隆

這次一定會讓全世界轟動的!

哼哼~

突然，一道閃光擦過，映出了一張陌生的面孔！不知道是誰偷偷潛入了Ｃ博士的研究室，一直靜靜地監視着他。

9

可素一邊想像比比羨慕的
表情，一邊給她打電話。

比比，我爸爸
終於發明了
飛行汽車！

可素啊，怎麼辦！
我爸爸好像被綁架了！

什麼？綁架？

真是個狡猾的傢伙！竟然用這種方式讓自己不留下一點筆跡。單憑我們的力量，應該很難捉到犯人……

比比，你不要擔心。我一定會救回你的爸爸。

嗚嗚

嗚哇~我爸爸怎麼辦啊？

C博士的研究室都變得亂七八糟了，也不知道什麼東西不見了。但是，比比對研究室的每個角落都瞭若指掌，她抖擻起精神，清清楚楚地說出研究室裏每一個位置原本應放着什麼。

爸爸正在研究長毛象的DNA，原本放在這裏的箱子不見了，還有一直放在這個位置的手提電腦也不見了！

爸爸真是的。
比比本來就夠
擔心了。

如果我能知道不見了的
是什麼東西，對解決案
件會更有幫助呢⋯⋯

什麼？你說他研究
長毛象的DNA？

對。爸爸和他們一起
發現了這些，然後這
段時間一直在研究。

連家也不回，每天
都忘我地沉迷在研
究中呢⋯⋯

比比指向牆上掛着的一幅巨型照片，旁邊還貼滿了C博士最近的研究內容。照片是在西伯利亞凍土上拍攝的，C博士站在一頭剛剛挖掘出來的長毛象旁邊，笑容十分燦爛。

真小器！收集到了長毛象細胞竟然不告訴我……

植物細胞

細胞膜

葉綠體

細胞核

細胞壁

細胞質

線粒體

液泡

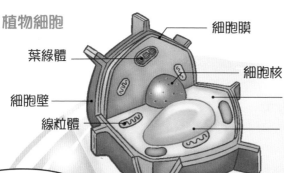

動物細胞

細胞膜

細胞質

細胞核

線粒體

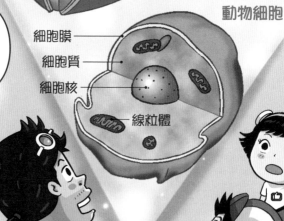

植物

細胞 組織 組織系統 器官 器官系統 個體

動物

「細胞組
合在一起形成系統，
系統結合成為器官，多種器
官組合在一起就能形成像我們這樣的
生命體。正是這些肉眼看不見的微小細胞一個
個堅守崗位努力工作，我們才能正常生活。」

可素的大腸
細胞很忙啊！

放屁也是細胞
的工作嗎？

19

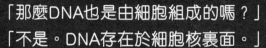

「那麼DNA也是由細胞組成的嗎？」
「不是。DNA存在於細胞核裏面。」

細胞核

染色體

1 細胞核裏有一種叫做
染色體的物質。

2 染色體的形狀
是一條條又細
又長的絲線。

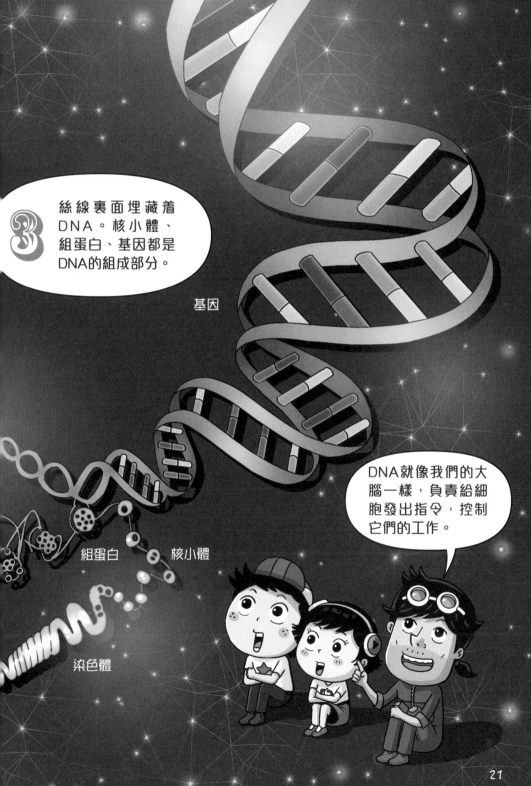

基因由腺嘌呤（A）、鳥嘌呤（G）、胞嘧啶（C）、胸腺嘧啶（T）四種鹼基物質組成。

A只與T連接，G只與C連接，形成鏈狀體互相纏繞。

「但是，人的每個細胞當中有超過30億對鹼基序列，所包含的信息量是非常龐大的。將所有AGCT數量加起來，信息量大概比一萬五千多本英文小說加起來還要大。」

龐大信息量（建造細胞的指令）

怎麼樣？信息量是不是很龐大呢？

我是DNA

「DNA包含了該生命體的所有基因資訊！植物、動物和人類的外形和特徵之所以各不相同，也全是DNA的功勞。」

S博士和孩子們再次仔細地搜查研究室。過程中，可素發現了一樣可疑物品。

啊，這是什麼？

可素在書桌的角落發現了一顆非常怪異的東西。

這個會不會是犯人留下的竊聽裝置呢？

應該只是一顆鼻屎吧？

我也覺得是啊！

揮脫揮脫

鼻屎？呃啊！好髒，好髒！

這鼻屎是你粘在這裏的吧？

開玩笑！應該是你粘上去，然後嫁禍給我的吧？

我為什麼要在你爸爸的研究室裏挖鼻屎？那麼可能是C博士的鼻屎吧？

我爸爸從來不挖鼻屎的！

呃啊啊！為什麼甩不掉！

沒錯，肯定不是C博士的。

C博士從小就有潔癖。這一點S博士十分清楚。

這樣的話，説不定鼻屎是……

S博士立刻抓住了可素的手腕，不讓他甩掉鼻屎。
「等一等！這肯定是犯人的鼻屎，沒錯了！」

「上面還粘着鼻毛，應該有角質細胞。只要分析一下裏面的DNA，就能知道他是男是女，就連他的眼睛、頭髮、皮膚顏色都能一清二楚。」

趕快！

好厲害啊，DNA！

等着瞧吧。我很快就會通過這顆鼻屎找到犯人。

首先採集粘在鼻屎上的細胞，再分析裏面的染色體組型（大小、條紋等）和數量。

看到了嗎？染色體是柱狀的。

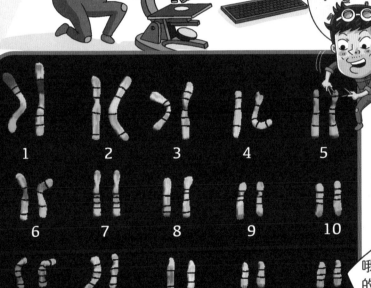

將相同組型的染色體配對在一起的話，一共會有23對染色體。

哦？最後一對染色體的組型的不一樣呢？

29

只要看第23對染色體，又叫性染色體，就可以知道犯人的性別了。比比和可素越來越好奇犯人是誰了。

分析DNA指紋！

S博士將染色體裹面的DNA提取出來放在分析器上。

比比實在太好奇，到底DNA指紋是怎樣得出來的。所以S博士給她做了個簡單的說明。

「用剪刀將DNA剪開。啊，當然這裏說的剪刀不是我們平時用來剪紙的剪刀，是指限制酶。」

限制酶有幾種類型，
限制酶①在ATCA中，只會將T與C剪開，
限制酶②在CAGT中，只會將A與G剪開。

如果只用限制酶①將T與C剪開，結果會怎麼呢？

「沒錯。只要在這些DNA數據中，找到跟嫌疑人的DNA一致的人⋯⋯」
「什麼？從這麼多人中，逐一去比對？」

如果不是有前科的犯人，也可能不在這個數據庫裏。但是利用大數據，還是能知道他的一些特徵的。

如果在這麼多人當中，都找不到呢？

也有可能這個數據庫裏有犯人的家族⋯⋯

如果DNA不一致，怎麼知道是他的家族？

哈哈，問得好。我提一個問題，你們來猜猜答案？

S博士給他們展示了5個家族成員的DNA指紋。

「3個子女當中，有一個人不是親生子女。你們覺得是誰呢？」

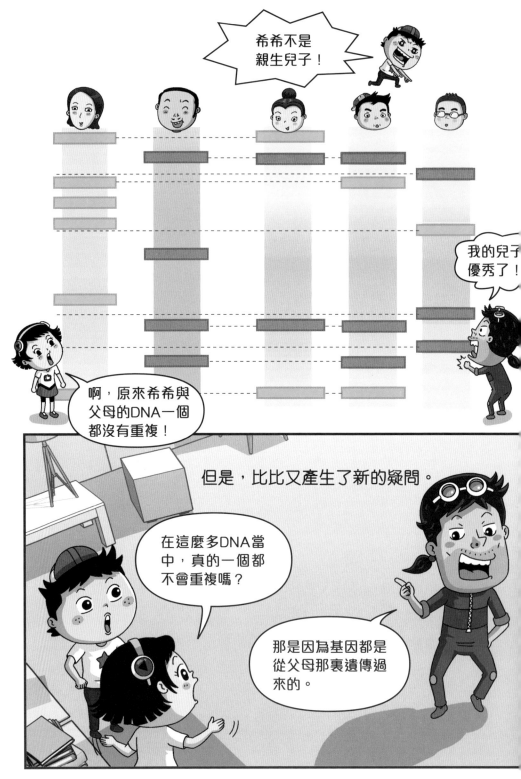

媽媽的卵子和爸爸的精子中各有23條染色體。當兩者結合形成受精卵之後，媽媽和爸爸的染色體會進行配對，形成23對染色體。

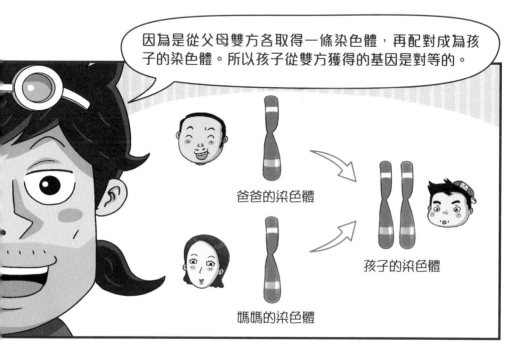

爸爸的染色體

媽媽的染色體

孩子的染色體

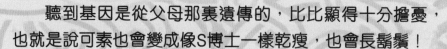

聽到基因是從父母那裏遺傳的，比比顯得十分擔憂，
也就是說可素也會變成像S博士一樣乾瘦，也會長鬍鬚！

長得像我有什麼問題？

別擔心！我像媽媽多一點！

不行！

剃掉！滋~

但是，兒子你長得像我的地方多的是呢？

對啊！這麼看來，我經常跟朋友們炫耀的大拇指外翻技能，還有折舌頭的技能都是從爸爸這裏遺傳得到的。

好神奇啊！

如果所有人都長得一模一樣，世界就變得很無趣了吧？人類雖然大部分特徵一致，但是外形各有差異，原因是形態不一樣。從父母遺傳的基因，如果從外表上顯露出來，就叫做顯性基因，不顯露出來的就叫做隱性基因。

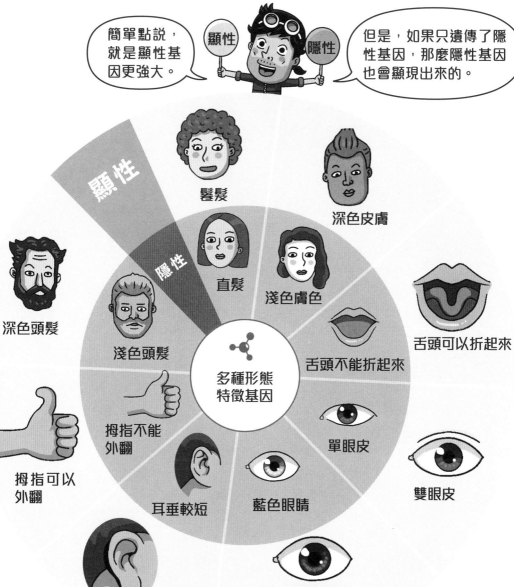

簡單點説，就是顯性基因更強大。

顯性

隱性

但是，如果只遺傳了隱性基因，那麼隱性基因也會顯現出來的。

顯性

隱性

鬈髮

深色皮膚

直髮

淺色膚色

舌頭可以折起來

深色頭髮

淺色頭髮

舌頭不能折起來

多種形態特徵基因

拇指不能外翻

單眼皮

雙眼皮

拇指可以外翻

耳垂較短

藍色眼睛

耳垂較長

啡色瞳孔

遺憾的是，以下一些異常形態的DNA都有機會遺傳下來。

不能區分顏色的色盲基因

你今天穿了紅色的連衣裙。

這不是綠色嗎？

正常＝顯性　　　　　色盲＝隱性

出現止血困難的血友病

止血了！

呃啊，血止不住呢！

正常＝顯性　　　　　血友病＝隱性

啊，看來DNA比對終於完成了！

轉頭

嘟嘟　嘟嘟嘟

「這麼多人當中，竟然找不到一個匹配的？」

聽了驚人的基因原理之後，對檢測結果充滿期待的孩子們感到十分氣餒。只有S博士突然瞪圓了雙眼。

S博士沉着地準備下一階段的調查。那就是要畫出DNA的模擬圖像。雖然沒有找到跟DNA指紋吻合的人，但是通過比較和對照DNA裏的特定基因，還是可以描繪出這個人的大概特徵的。根據比對結果，犯人的外貌估計是這樣的。

鬈髮

深色皮膚

藍色眼睛

這樣的人怎麼找啊？

爸爸，看，這是不是C博士留給我們的線索啊？

可素無意中發現，灑在地上的咖啡竟然形成了箭頭的形狀。

箭頭所指向的牆上，掛着一幅巨型照片。S博士、可素和比比不約而同地望過去。

那是一張C博士在幾年前於「國際科學家大會」上獲獎的紀念照片。

只要找到藍色眼睛、鬈髮、深色皮膚的男子就可以了吧？

是那個人！

快找！

咚！

黑里克？

犯人竟是這個傢伙？

爸爸你也認識他嗎？

「當然，而且很熟悉呢……」S博士想起了在可素大概1歲的時候，黑里克來到他的家裏。「好可愛啊，名字叫可素嗎？我也想有一個這麼可愛的兒子啊……」

噗咋嚕嚕

鬼臉

你也是時候該成家了吧！

「現在做基因食品生意非常賺錢。我打算開一間基因超市，這一定會比一般食品生意更加有利可圖。」

「你說做基因買賣！」S博士無論如何都不能接受這個提議，因此果斷地拒絕了。

S博士後悔當時沒有堅持阻止他。

他跟所有人都斷絕了來往，沒想到最終還是闖禍了。

嗚哇哇哇

你把孩子弄哭了，你這是在報復嗎？

隨便你怎麼想

可是，後悔是沒有用的。要救C博士，一定要盡快行動。

好！

我們快點去找黑里克吧！

哈

呼 哈

為了給飛行汽車加滿燃料，順便收拾行裝，S博士和可素暫時先回家一趟。

天啊！有兩個可素！

爸爸和你一起去可素家？

對啊，他說一起去！

奇怪了。他跟S博士明明是死對頭⋯⋯

我知道了。不要像上次一樣搗亂惹事啊！

知道了，媽媽！其實每次都是可素惹的事呢！

躡手躡腳

找到了！黑里克博士吩咐我拿走的研究數據！

52

比比確信面前這個人一定不是可素。
因為可素無論如何都一定會吃芝士熱狗，
不可能說不吃！

哼！既然被識穿了，那只好把你帶走了！

就在假可素準備用槍把
魚網射向比比的瞬間……

真正的可素帥氣地從天而降。看似要為比比擋槍……

原來可素只是為了芝士熱狗而來。

「你為什麼要模仿我？真討厭！快脫下你的面具！」
可素用力拉扯假可素的臉。

　　假可素用力將真可素摔倒在地，但是真可素一點反應
都沒有，因為他現在十分驚訝，他本來以為假可素是帶了
面具模仿自己，但是剛才拉扯的時候發現，那竟然是真正
的面皮！

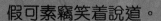

假可素竊笑着說道。

「原來你就是可素！呵呵呵……第一次見到真人呢？多得你，我才能出生在世上。我就是你的複製人！」

「你，你竟然是可素的複製人?!」
可素和比比很驚訝，S博士更是超級驚訝。
沒想到黑里克竟然造出了可素的複製人。

那麼，他也是爸爸的
兒子嗎？真討厭。

我也覺得⋯⋯

S博士一想到這一切都是黑里克多年來的精心策劃，而且連衣服都準備了跟可素的一模一樣，那就令人覺得更加可怕了。

太沒道理了。我就這樣被複製了嗎？

雖然技術上是可以的，但是複製人類這種做法是不允許的……

第一個被成功複製生命的是一隻羊。

第一隻複製羊多利的誕生過程

6歲母羊A

另一隻母羊B

從乳腺上獲取的體細胞

卵子提取

細胞核提取

被去除細胞核的卵細胞

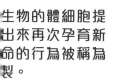

生物的體細胞提出來再次孕育新命的行為被稱為製。

將A的細胞核移植到B的卵細胞內

將擁有A細胞核的B卵細胞放入子宮內孕育

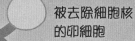

與B同種的代孕母羊

A的複製羊誕生

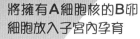

61

體細胞複製成功之後，科學家們還試過利用生物科學技術孕育擁有人類DNA的複製羊。

從羊胎兒身上提取出纖維芽細胞。

將人體內的血液凝固，提取基因組織。

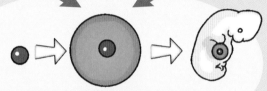

將血液凝固基因移植到纖維芽細胞內，再將纖維芽細胞放入羊胎兒體內。

如果用人的基因來製藥，還可以減少藥物的副作用。

終於，擁有人類基因的複製羊誕生！

嘩，真的是劃時代的技術啊！

意思就是，作為複製人的我就是劃時代的代表吧？

複製人可素飛身撲過來。三人馬上合力將他制服，有S博士這樣的大人幫忙，以一敵三的假可素當然無法掙脫。

經過基因重組，或許你的力氣會比我兒子強。但是在我面前，你還不過是個臭小子！

嘿

掙扎

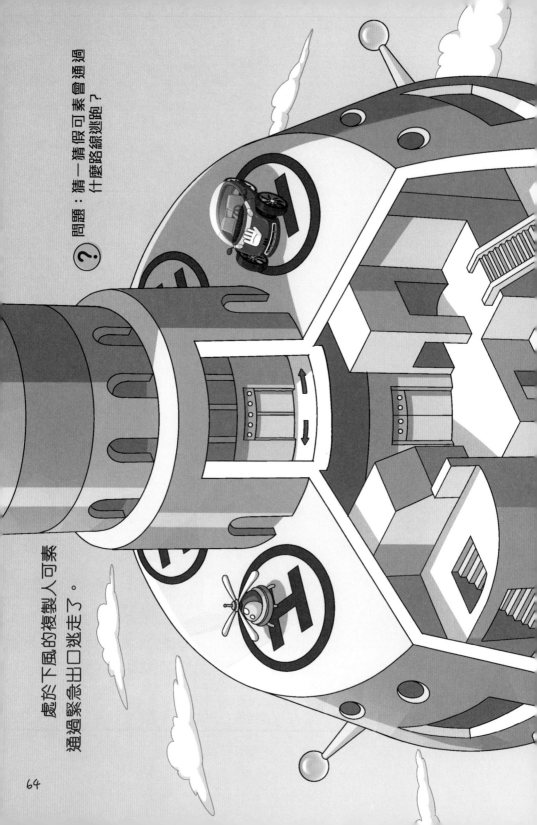

處於下風的複製人可素
通過緊急出口逃走了。

? 問題：猜一猜假可素會通過
什麼路線逃跑？

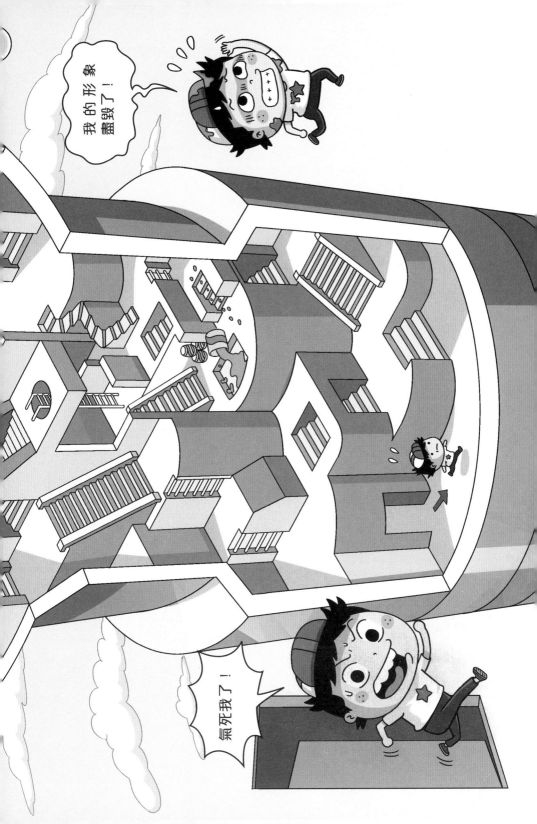

緊追在後的可素和比比發現了複製人可素留下的痕跡。

是腳印啊！

應該是他在這裏打翻了油漆桶！

嘩嘩

爸爸！你沒事吧？

我沒事！

生命複製技術如果被用在不正當的的地方，最終只會害了人類！

從腳印來看，他應該是上天台了！

快點追上他！

呼

呼

踏

踏

黑里克的瘋狂實驗室

複製人可素以為自己會被緊緊地綁起來，卻沒想到會被呵護照料。他感到不知所措。

衣服和帽子上的油漆擦不掉呢？

臉上和手臂上的油漆基本已擦乾淨了。

擦 擦

捏 捏

捽 捽

怎麼回事？心情有點複雜呢！第一次有這種感覺。

凡士林

得到新名字的萬素感動
得放聲大哭。

嗚嗚~明明很高興
呢！為什麼眼淚
一直流出來？

哇 哇

跟可素他們敞開心扉之後，萬素將黑里克指使
他來這裏的過程，和盤托出。

你說他在做動物
基因組合實驗？

博士說他要創造
出新的生物體。

根據萬素的說法，黑里克應該正在做動物DNA的基因重組實驗。途中得知C博士成功提取到長毛象的DNA的消息，就想把它搶過來應用到自己的計劃中。

他是想製造超級怪物兵團嗎？

啊啊

S博士被氣得火冒三丈。「以前他就為了研究長生不老術，透過提取DNA來找出延長壽命的方法！這傢伙到底什麼時候才肯收手啊！」

DNA與壽命也有關係嗎？

嘩，怎麼好像走進生化危機的電影裏！

生物之所以能生存，是因為構成身體的細胞在不斷進行分裂和保持運作。在這過程中，負責操控細胞的DNA也在不斷被複製。

因此，所有細胞的DNA都是相同的。

保證DNA複製過程不出錯的端粒，位於染色體的兩端，負責保護DNA。但隨着年齡增長，端粒的長度會越來越短，保護能力也會變弱。這時細胞分裂也會逐漸停滯，生命也會慢慢走到盡頭。

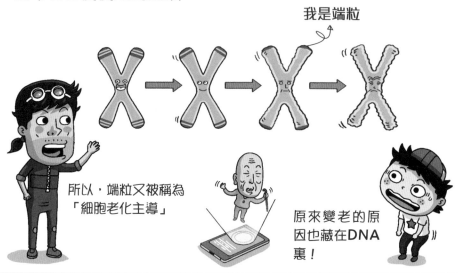

我是端粒

所以，端粒又被稱為「細胞老化主導」

原來變老的原因也藏在DNA裏！

「所以科學家們正在努力尋找不讓端粒變短的辦法。要是成功的話，說不定真的能長生不老。」

我們現在就去救C博士吧！

可素快過來！

DNA真的太強大了。

例如白化病、地中海或鐮刀形紅血球貧血症等。白化病會有全身皮膚、毛髮呈白色的症狀，因為體內負責抵擋紫外線等外界傷害的黑色素不足，因此患者更容易得皮膚癌。鐮刀形紅血球貧血症會讓人備受慢性頭痛和局部缺血的折磨，一般患者壽命都非常短，而且遺傳病是會代代相傳的，因此更加可怕。

基因遭到破壞的各種原因

這真的能飛嗎？

轉
轉
轉

呼隆

「好，現在出發了！」

S博士開始發動飛行汽車。在S博士的操作下，飛行汽車開始變身，慢慢升上空中……

嗞

轉
轉
轉

飛行汽車按照萬素的指引，向着黑里克的秘密基地飛去。

萬素，還有多遠啊？

差不多到了。

嗡
嗡
嗡

萬素啊，你想吃麵包嗎？哥哥我讓給你吃吧！

為什麼你是哥哥？

因為你是我的複製人，當然我是哥哥呢！

我們的DNA明明一樣，怎麼能分得出哥哥弟弟呢？

兩個可素的噪音也是雙倍的量！

爭吵
爭吵

萬素啊⋯⋯是不是那裏啊？

雲層下出現了一個正在冒煙的小島。正如萬素說的那樣，小島旁邊什麼都沒有，什麼都不敢靠近。因為它不斷在冒着濃煙，偽裝成即將要爆發的火山的樣子。

飛行

就在飛行汽車準備在小島着陸的時候，突然一團火光從小島上飛襲過來！

發射

飛過來的原來是導彈！S博士馬上拉緊操控桿，避開了導彈。

不好了！來不及躲開，飛行汽車被一枚導彈擊中了一邊的引擎。

「黑里克！你這個卑鄙的人！」

「怎麼了？我不過是擊中了一架遙控飛機而已。如果你繼續堅持不配合我的研究，我真的會徹底擊毀那架飛機和機上的人。」

C博士因為自己什麼都做不了而感到更加生氣。

另一邊廂，飛行汽車被迫降落。
幸好，車上的人安然無恙。

滋 噗 噗

孩子們，
沒事吧？

爸爸你沒事吧？

你看，我的頭腫起了
一個包！

驚！

哇，的確很大呢！

萬素現在才明白，為
什麼黑里克說，當回到島
上的時候，一定要先用無
線電發送消息。未經允許
擅自接近小島的所有
飛行物體都會被
自動擊落的。

嗚~我的第2481
號發明品啊⋯⋯

幸好，在萬素的帶領下，他們沿着峭壁慢慢前進，終於到達了目的地。

進入萬素所指的房間之後，所有人都目瞪口呆了。黑里克的各種實驗器材和實驗體就在眼前！

那，那些都是什麼啊？

「這裏就像基因重組生物博物館一樣啊！是有生命的博物館！」

S博士忍不住驚歎。

蜘蛛山羊

從羊奶中大量提煉出纖細、強韌又有彈性的蜘蛛絲，經開發後再廣泛應用。

螢光豬

為了發明對人類有幫助的治療藥物而被基因改造的豬。如果基因變異成功，就能生成綠色螢光的蛋白質，使豬的全身發光。

藍色玫瑰

讓玫瑰的基因變異，開發出藍色玫瑰這新品種。

「要培育藍色的玫瑰非常困難，需要經過多次基因重組之後，才能取得成功，所以藍色玫瑰的花語就是『奇跡』。」

從三色菫中提取藍色色素

嫁接

被移除了紅色色素基因的玫瑰

從鳶尾花裏提取出來的藍色基因

真的是奇い的顏色呢

熒光豬也是在豬的基因內注入了熒光物質而形成的。

在水母提取出蛋白質

將受精卵放入母豬的子宮裏

這些番茄沒什麼特別吧？

誰説？這不是普通的番茄,而是名為「薯茄」的植物。

嘩,根部竟然是薯仔!

扯扯

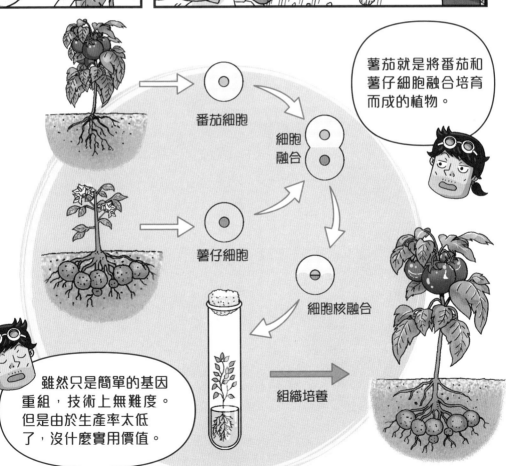

番茄細胞

細胞融合

薯仔細胞

細胞核融合

組織培養

薯茄就是將番茄和薯仔細胞融合培育而成的植物。

雖然只是簡單的基因重組,技術上無難度。但是由於生產率太低了,沒什麼實用價值。

基因重組技術可以將兩種不同種類的生物重新組合，
成為新的生物品種，真的越看越新奇呢！

但是，為什麼要製造這些新品種呢？

還有什麼原因。當然是為了生物科技的研究與發展啊！

你們都知道胰島素是用大腸桿菌做成的吧？

大腸桿菌？是那種生活在腸道裏的細菌嗎？

生物科學的核心技術：基因剪接

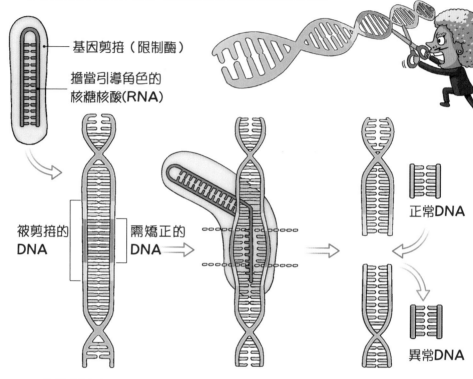

基因剪接（限制酶）

擔當引導角色的
核糖核酸(RNA)

被剪接的
DNA

需矯正的
DNA

正常DNA

異常DNA

將限制酶放在有問題
的DNA上，可以將雙
重螺旋機構解開

引導者RNA與其中一
邊的DNA結合，然後
將有問題的DNA切斷

將正常DNA的碎
片放入缺口，重新
結合

這個技術一定
能賺大錢！

黑里克不斷濫用這種尖端技術，所以在科學界遭到排斥。「只談實力的話，他真的是一位不可多得的天才！」

太可惜了！

孩子們越來越好奇，他們很想知道黑里克的過去。
「聽說黑里克當時一邊向大眾說明基因剪接技術，一邊展示了自己的計劃。」S博士這樣說。

基因重組非常簡單。因為我們已經掌握了基因剪接技術。

黑里克 Biotechnology新產業發布會

當然，反對的人不只S博士一個。所有人都聚到一起，指責聲音此起彼伏。

「黑里克受到巨大打擊，不久之後就銷聲匿跡了。」

「所以，他把我複製出來也是為了放進動物園嗎？」萬素似乎也受到了打擊。這時，有人想進入房間。

制服了敵人之後，可素一行人趕緊向黑里克所在地跑去。

「哼，看來我精心籌備的秘密計劃遇到大危機了！」

黑里克感到很震驚。他更不能相信，1號竟然和他們在一起。

萬素一步一步走過去。黑里克不禁往後退，一不小心跌倒在地上。

萬素走到黑里克的面前，小心翼翼地說：

「博士，我們好像誤會了他們。這個世界比我們想像中更溫暖，更美好呢！」

啊，對了！我現在不叫1號了，**我有了名字，叫萬素。**

我面前這個笑得這麼燦爛的孩子，真的是1號嗎？很陌生……

「你為什麼要複製我的孩子呢？」

聽到S博士的聲音後，黑里克回過神來。他一下子站起來，大聲呼喝S博士。

「喂！S博士！是你教唆1號的吧？」

沒想到黑里克複製可素的理由非常簡單。

「為了經營新世界最頂級的基因集團，我需要一位聰明的拍檔。但是作為最適合人選的你竟然斷然拒絕了。不過那樣也沒關係，因為只要有複製技術，我就能複製出和你相似的兒子！」

但是，這個1號從來不學習，每天只知道玩！

憤怒

他連壞習慣也複製了……

就是啊，為什麼要複製可素呢？

黑里克的心態已經非常扭曲，他覺得現在所有人都在嘲笑自己。

既然這樣，那就把這一切全部毀滅吧！立即讓X-Animal出動！

按

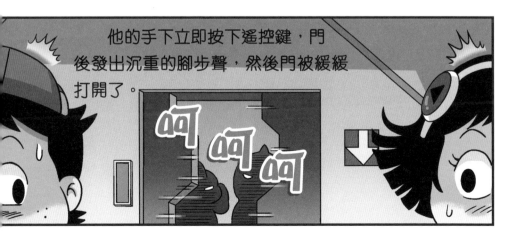

他的手下立即按下遙控鍵，門後發出沉重的腳步聲，然後門被緩緩打開了。

啊 啊 啊

「鯊魚象，變色龍象！快把這幾個傢伙全部消滅！」
黑里克一聲令下，鐵鏈全部斷開！可怕的怪物們開始向着可素一行人進攻。

看着來勢洶洶的怪物兵團，所有人都嚇得閉上眼睛不敢想像。只有一個人例外……

難道我們就這樣葬身這裏？

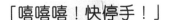
「嘻嘻嘻！快停手！」
　大家聽到一陣笑聲後，都睜開雙眼，眼前的景象真的讓人難以置信。萬素正在跟怪物們開着玩笑，氣氛非常融洽。

嘻嘻嘻！

怎，怎會這樣！

這個絕密計劃我從來沒有給1號看過，他們是怎麼認識的？

「1號！你居然敢背叛我？」

黑里克憤怒得面紅耳赤，用力地按下了遙控器的按鍵。

可素、萬素和其他人想合力將遙控器搶過來，但是他們完全不是黑里克手下的對手。

這時候，變色龍象出現了，他過來幫助處於下風的萬素。

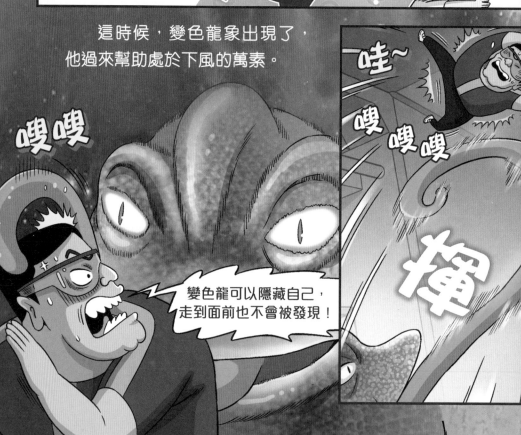

現在，黑里克變得孤立無援了！兩頭動物向着他一步一步迫近。

討厭！我本來以為永遠不會使用這個裝置！現在別無他法了。

篤

滋 滋 滋

不，不要過來！

按 按 按

嗚哇

超級強大的電流瞬間流遍鯊魚象和變色龍象全身。

一切都發生得太快了。萬素將黑里克推開，自己被壓在鯊魚象身下。

1號竟然捨身救了我？

你也知道啊？

萬素被救出來之後大聲喊道！

快幫我把博士救出來！

萬素啊，博士在那邊。你剛剛已經救出他了。

真的？

你竟然……我剛剛還想傷害你呢！

新科技的誕生

　　全靠萬素的無私精神和勇氣，終於感化了受盡世人指指點點、內心扭曲的黑里克。

　　「1號啊！我錯了。你可以原諒我嗎？」

對了！現在應該叫你萬素吧？
我願意叫一百遍，一千遍！

萬素萬歲～

萬萬歲～！

那傢伙……
信得過嗎？

不好說……

現在好像全部問題都解決了。
不過還有一個重要的問題。

「我製造出來的問題，我來解決！」黑里克態度誠懇地承諾。

基因變異植物的危險性

將粟米、豆類等植物中，抗病蟲能力強的基因進行重組，從而提高收成產量的食品稱為轉基因食品（GMO）。

倒下

在印度，有羊羣吃了轉基因牧草後死亡的實例。

吃這個會有危險！

下

還有報告證實，老鼠連續吃了100日轉基因馬鈴薯之後，身體受損。

真危險！基因重組不完善！很有可能會對動植物生態帶來負面影響。

真的有可能會帶來可怕的後果呢⋯⋯

「將來，我一定只研究對人類有幫助的技術。」黑里克一直都是想做什麼就一定全力以赴的人。S博士越來越好奇他即將會研究什麼。

過了一段時間，某一天……

慶典

智能市傳統市集

根據DNA測試，這確實是國產的。

可素一家去逛市集，他們看見了通過DNA檢測確認原產地的農產品。

「看到這些就感受到科學家們真的很偉大呢！」可素說。

「你是在稱讚我嗎？」S博士得意洋洋地說。

不只是原產地，通過基因檢測還能知道會不會得病。提前知道就能提前解決啦！

基因健康檢測中心

對症藥物

癡呆

各種癌病

腦中風

心肌梗塞

不過，S博士有點擔心。
「隨着生物科技的發展，副作用也會越來越多吧？」

123

生物科技可能會帶給社會的副作用

結婚和就職前可能會被要求
提供基因診斷書

購買保險時，可能會因為
遺傳病而被拒保

可以用錢來購買強壯
身體和大腦的藥品，
貧富差距也會越來越
大

沒錢就只能繼續
這樣活下去了

啊，這真
討厭！

對吧？

咔隆 咔隆

正準備回家的時候，可素接到了比比的電話。比比的
語氣聽起來十分焦急。

可素啊！有大新聞
啊！快點看新聞！
現在馬上看！

一開始，他們以為是C博士又被綁架了。開啟新聞頻道一看，就知道比比為什麼那麼激動了。

這裏就是見證奇跡的現場。

Y新聞頻道

「農田竟然漂浮在海面上。這個奇跡的發明者就是……」

黑里克博士團隊！

?!

海上農場成功的話，就可以幫助緩解人類糧食不足的問題。

沒錯，不只是已經成功培植的水稻，還會嘗試栽種其他農作物。

博士終於成功了！

黑里克博士取得了這麼重大的實驗成果，為什麼不親自發布呢？

萬素也好厲害啊！

博士説他要專注於研究，但是他提供了一張照片給採訪隊，並希望通過我們問候他的好朋友。

可素見到照片裏笑得非常開心的黑里克博士和萬素，不知道為什麼流下了眼淚。

還有一個消息要補充。黑里克博士團隊已經成功研究出可以吸收霧霾、淨化空氣，同時能自行合成作肥料的植物了！

不知道在什麼時候，飛行汽車旁邊已經聚集了大批市民，大家一起在看新聞。生物科學現在好像已經成為一種常規的研究課題了。

玩轉科技世界③

DNA瘋狂改造大混戰

作　　者：林映僑 (Im Yeongje)
繪　　圖：朴鍾浩 (Park Jongho)
翻　　譯：何莉莉
責任編輯：趙慧雅
美術設計：蔡學彰
出　　版：新雅文化事業有限公司
　　　　　香港英皇道499號北角工業大廈18樓
　　　　　電話：（852）2138 7998
　　　　　傳真：（852）2597 4003
　　　　　網址：http://www.sunya.com.hk
　　　　　電郵：marketing@sunya.com.hk
發　　行：香港聯合書刊物流有限公司
　　　　　香港荃灣德士古道220-248號荃灣工業中心16樓
　　　　　電話：（852）2150 2100
　　　　　傳真：（852）2407 3062
　　　　　電郵：info@suplogistics.com.hk
印　　刷：中華商務彩色印刷有限公司
　　　　　香港新界大埔汀麗路36號
版　　次：二○二一年一月初版

ISBN: 978-962-08-7666-0